KB054638

국어과 선생님이 뽑은

한국문학읽기
한국고전읽기
세계문학읽기

국어과 선생님이 뽑은

윤동주 하늘과 바람과 별과 시

서시 & 별 헤는 밤 & 자화상 외

★북·앤·북

국어과 선생님이 뽑은 **윤동주 하늘과 바람과 별과 시**
서시 & 별 헤는 밤 & 자화상 외

초판 1쇄 | 2014년 7월 15일 발행

지은이 | 윤동주
교　정 | 이정민
디자인 | 인지숙
펴낸이 | 이경자
펴낸곳 | 북앤북

주소 | 서울 마포구 월드컵로 11길 35, 101동 502호
전화 | 02-336-9948
팩시밀리 | 02-337-4315
등록 | 제 313-2008-000016호

ISBN 978-89-89994-96-1 44800
　　　978-89-89994-91-6 (세트)

국립중앙도서관 출판시도서목록(CIP)

(국어과 선생님이 뽑은) 윤동주 하늘과 바람과 별과 시 : 서
시 & 별 헤는 밤 & 자화상 외 / 지은이: 윤동주. -- 서울 :
북앤북, 2014
　　p. ;　cm. -- ((국어과 선생님이 뽑은) 문학읽기 ; 3
8)

ISBN 978-89-89994-96-1 44800 : ₩8500
ISBN 978-89-89994-91-6 (세트) 44800

한국 시[韓國詩]

811.6-KDC5　　　　　　　　　　CIP2014014514

잘못된 책은 구입하신 서점에서 바꾸어 드립니다.

시의 표기는 원문에 따르는 것을 원칙으로 하고
띄어쓰기와 부호 등은 현대 표기법에 맞추어
수정하였음을 밝힙니다.

윤동주 하늘과 바람과 별과 시

서시 & 별 헤는 밤 & 자화상

 에게 드립니다

 작가 소개

윤동주(尹東柱, 1917~1945) : 본관 파평. 아명 해환(海煥).

1917년 12월 30일(음력 11월 17일), 북간도의 명동촌(明東村)에서 아버지 윤영석(尹永錫)과 어머니 김용(金龍) 사이에 장남으로 태어났다. 윤동주는 명동소학교에서 민족정신과 독립사상을 교육받는다. 당시 명동소학교를 함께 다닌 급우로는 고종사촌 송몽규(宋夢奎)와 시인과 목사로 활동한 문익환(文益煥)이 있다. 은진중학교, 숭실중학교, 광명중학교를 거쳐, 연희전문학교 문과에 입학 후 최현배, 손진태, 이양하로부터 조선어와 역사, 민족정신 등을 배우고 연희전문 문예부가 발행하던 잡지 〈문우〉의 간사로 활동했다. 졸업 기념으로 열아홉 편의 시를 수록한 자선시집 〈하늘과 바람과 별과 시〉의 출간을 계획한다. 그러나 〈십자가〉, 〈슬픈 족속〉, 〈또 다른 고향〉 같은 작품들이 일제의 검열을 통과할 수 없어 출판을 후일로 미루고 시고집 세 부를 자필로 쓰고 제본해서 스승 이양하, 후배 정병욱과 한 부씩 나누어 가진다. 1942년 일본 사립대학인 릿쿄(立教)대학 영문학과에 입학한 후 그해 가을 도시샤(同志社)대학 영문학과로 전학한다. 1943년 7월 14일, 교토에 있는 조선인 학생 민족주의 그룹 사건으로 사상범으로 일본 특수고등경찰에게 체포, 후쿠오카 형무소로 이송되어 붉은색 수의를 입고 사상범들이 갇히는 독방에 수감된 후 생체실험의 도구로 이름 모를 주사를 매일 맞고 조국 광복을 6개월 앞둔 1945년 2월 16일 오전 3시 36분 스물아홉의 나이로 옥중에서 운명한다. 부친 윤영석과 당숙 윤영춘이 시신을 인수해 북간도 용정 동산의 중앙교회 묘지에 안장한다.

작품으로는 〈서시(序詩)〉, 〈또 다른 고향〉, 〈별 헤는 밤〉, 〈하늘과 바람과 별과 시〉 외 116편의 작품이 있다.

윤동주 하늘과 바람과 별과 시

서시 & 별 헤는 밤 & 자화상 / 차례

3

계절이 지나가는 하늘에는

가을로 가득 차 있습니다.

나는 아무 걱정도 없이
가을 속의 별들을 다 헤일 듯합니다.

가슴속에 하나 둘 새겨지는 별을
이제 다 못 헤는 것은
쉬이 아침이 오는 까닭이요,
내일 밤이 남은 까닭이요,
아직 나의 청춘이 다하지 않은 까닭입니다.

- 「별 헤는 밤」 중에서 -

서시 & 별 헤는 밤 & 자화상

1

자화상

산모퉁이를 돌아 논가 외딴 우물을 홀로 찾아가선
가만히 들여다봅니다.

우물 속에는 달이 밝고 구름이 흐르고 하늘이 펼치고 파아란
바람이 불고
가을이 있습니다.

그리고 한 사나이가 있습니다.
어쩐지 그 사나이가 미워져 돌아갑니다.

돌아가다 생각하니 그 사나이가 가엾어집니다.
도로 가 들여다보니 사나이는 그대로 있습니다.

다시 그 사나이가 미워져 돌아갑니다.
돌아가다 생각하니 그 사나이가 그리워집니다.

우물 속에는 달이 밝고 구름이 흐르고 하늘이 펼치고
파아란 바람이 불고 가을이 있고 추억처럼 사나이가 있습니다.

서시

죽는 날까지 하늘을 우러러
한 점 부끄럼이 없기를,
잎새에 이는 바람에도
나는 괴로워했다.
별을 노래하는 마음으로
모든 죽어가는 것을 사랑해야지
그리고 나한테 주어진 길을
걸어가야겠다.

오늘 밤에도 별이 바람에 스치운다.

소년

여기저기서 단풍잎 같은 슬픈 가을이 뚝뚝 떨어진다. 단풍잎 떨어져 나온 자리마다 봄을 마련해 놓고 나뭇가지 위에 하늘이 펼쳐 있다. 가만히 하늘을 들여다보려면 눈썹에 파란 물감이 든다. 두 손으로 따뜻한 볼을 쓸어 보면 손바닥에도 파란 물감이 묻어난다. 다시 손바닥을 들여다본다. 손금에는 맑은 강물이 흐르고, 맑은 강물이 흐르고, 강물 속에는 사랑처럼 슬픈 얼굴 —— 아름다운 순이의 얼굴이 어린다. 소년은 황홀히 눈을 감아 본다. 그래도 맑은 강물은 흘러 사랑처럼 슬픈 얼굴 —— 아름다운 순이의 얼굴은 어린다.

눈 오는 지도

순이가 떠난다는 아침에 말 못할 마음으로 함박눈이 내려, 슬픈 것처럼 창밖에 아득히 깔린 지도 위에 덮인다. 방 안을 돌아다보아야 아무도 없다. 벽과 천장이 하얗다. 방 안에까지 눈이 내리는 것일까, 정말 너는 잃어버린 역사처럼 홀홀히 가는 것이냐, 떠나기 전에 일러둘 말이 있던 것을 편지를 써서도 네가 가는 곳을 몰라 어느 거리, 어느 마을, 어느 지붕 밑, 너는 내 마음속에만 남아 있는 것이냐, 네 조그만 발자욱을 눈이 자꾸 내려 덮여 따라갈 수도 없다. 눈이 녹으면 남은 발자욱 자리마다 꽃이 피리니 꽃 사이로 발자욱을 찾아 나서면 일년 열두 달 하냥 내 마음에도 눈이 내리리라.

돌아와 보는 밤

세상으로부터 돌아오듯이 이제 내 좁은 방에 돌아와 불을 끄옵니다. 불을 켜 두는 것은 너무나 피로롭은 일이옵니다. 그것은 낮의 연장이옵기에 ——

이제 창을 열어 공기를 바꾸어 들여야 할 텐데 밖을 가만히 내다보아야 방 안과 같이 어두워 꼭 세상 같은데 비를 맞고 오던 길이 그대로 비 속에 젖어 있사옵니다.

하루의 울분을 씻을 바 없어 가만히 눈을 감으면 마음속으로 흐르는 소리, 이제, 사상(思想)이 능금처럼 저절로 익어 가옵니다.

병원

살구나무 그늘로 얼굴을 가리고, 병원 뒤뜰에 누워 젊은 여자가 흰옷 아래로 하얀 다리를 드러내 놓고 일광욕을 한다. 한나절이 기울도록 가슴을 앓는다는 이 여자를 찾아오는 이, 나비 한 마리도 없다. 슬프지도 않은 살구나무 가지에는 바람조차 없다.

나도 모를 아픔을 오래 참다 처음으로 이곳에 찾아왔다. 그러나 나의 늙은 의사는 젊은이의 병을 모른다. 나한테는 병이 없다고 한다. 이 지나친 시련, 이 지나친 피로, 나는 성내서는 안 된다.

여자는 자리에서 일어나 옷깃을 여미고 화단에서 금잔화 한 포기를 따 가슴에 꽂고 병실 안으로 사라진다. 나는 그 여자의 건강이 —— 아니 내 건강도 속히 회복되기를 바라며 그가 누웠던 자리에 누워 본다.

간판 없는 거리

정거장 플랫폼에
내렸을 때 아무도 없어,

다들 손님들뿐,
손님 같은 사람들뿐,

집집마다 간판이 없어
집 찾을 근심이 없어

빨갛게
파랗게
불붙는 문자도 없이

모퉁이마다
자애로운 헌 와사등(瓦斯燈)에
불을 켜 놓고,

손목을 잡으면
다들, 어진 사람들
다들, 어진 사람들

봄, 여름, 가을, 겨울,
순서로 돌아들고.

새로운 길

내를 건너서 숲으로
고개를 넘어서 마을로

어제도 가고 오늘도 갈
나의 길 새로운 길

민들레가 피고 까치가 날고
아가씨가 지나고 바람이 일고

나의 길은 언제나 새로운 길
오늘도…… 내일도……

내를 건너서 숲으로
고개를 넘어서 마을로

태초의 아침

봄날 아침도 아니고
여름, 가을, 겨울,
그런 날 아침도 아닌 아침에

빨 —— 간 꽃이 피어났네,
햇빛이 푸른데,

그 전날 밤에
그 전날 밤에
모든 것이 마련되었네,

사랑은 뱀과 함께
독은 어린 꽃과 함께.

또 태초의 아침

하얗게 눈이 덮이었고
전신주(電信柱)가 잉잉 울어
하나님 말씀이 들려온다.

무슨 계시일까.

빨리
봄이 오면
죄를 짓고
눈이
밝아

이브가 해산하는 수고를 다하면

무화과 잎사귀로 부끄런 데를 가리고

나는 이마에 땀을 흘려야겠다.

새벽이 올 때까지

다들 죽어 가는 사람들에게
검은 옷을 입히시오.

다들 살아가는 사람들에게
흰옷을 입히시오.

그리고 한 침대에
가지런히 잠을 재우시오.

다들 울거들랑
젖을 먹이시오.

이제 새벽이 오면
나팔소리 들려올 게외다.

무서운 시간

거 나를 부르는 것이 누구요,

가랑잎 이파리 푸르러 나오는 그늘인데,
나 아직 여기 호흡이 남아 있소.

한번도 손들어 보지 못한 나를
손들어 표할 하늘도 없는 나를

어디에 내 한 몸 둘 하늘이 있어
나를 부르는 것이오.

일을 마치고 내 죽는 날 아침에는
서럽지도 않은 가랑잎이 떨어질 텐데……

나를 부르지 마오.

십자가

쫓아오던 햇빛인데
지금 교회당 꼭대기
십자가에 걸리었습니다.

첨탑이 저렇게도 높은데
어떻게 올라갈 수 있을까요.

종소리도 들려오지 않는데
휘파람이나 불며 서성거리다가,

괴로웠던 사나이,
행복한 예수 그리스도에게처럼
십자가가 허락된다면

모가지를 드리우고
꽃처럼 피어나는 피를
어두워 가는 하늘 밑에
조용히 흘리겠습니다.

바람이 불어

바람이 어디로부터 불어와
어디로 불려 가는 것일까,

바람이 부는데
내 괴로움에는 이유가 없다.

내 괴로움에는 이유가 없을까,

단 한 여자를 사랑한 일도 없다.
시대를 슬퍼한 일도 없다.

바람이 자꾸 부는데
내 발이 반석 위에 섰다.

강물이 자꾸 흐르는데
내 발이 언덕 위에 섰다.

슬픈 족속

흰 수건이 검은 머리를 두르고
흰 고무신이 거친 발에 걸리우다.

흰 저고리 흰 치마가 슬픈 몸집을 가리고
흰 띠가 가는 허리를 질끈 동이다.

또 다른 고향

고향에 돌아온 날 밤에
내 백골이 따라와 한방에 누웠다.

어둔 방은 우주로 통하고
하늘에선가 소리처럼 바람이 불어온다.

어둠 속에 곱게 풍화작용 하는
백골을 들여다보며
눈물짓는 것이 내가 우는 것이냐
백골이 우는 것이냐
아름다운 혼이 우는 것이냐.

지조 높은 개는
밤을 새워 어둠을 짖는다.

어둠을 짖는 개는
나를 쫓는 것일 게다.

가자 가자
쫓기우는 사람처럼 가자
백골 몰래
아름다운 또 다른 고향에 가자.

길

잃어버렸습니다.
무얼 어디다 잃었는지 몰라
두 손이 주머니를 더듬어
길에 나아갑니다.

돌과 돌과 돌이 끝없이 연달아
길은 돌담을 끼고 갑니다.

담은 쇠문을 굳게 닫아
길 위에 긴 그림자를 드리우고

길은 아침에서 저녁으로
저녁에서 아침으로 통했습니다.

돌담을 더듬어 눈물짓다
쳐다보면 하늘은 부끄럽게 푸릅니다.

풀 한 포기 없는 이 길을 걷는 것은
담 저쪽에 내가 남아 있는 까닭이고,

내가 사는 것은, 다만,
잃은 것을 찾는 까닭입니다.

눈감고 간다

태양을 사모하는 아이들아
별을 사랑하는 아이들아

밤이 어두웠는데
눈 감고 가거라.

가진 바 씨앗을
뿌리면서 가거라.

발부리에 돌이 차이거든
감았던 눈을 와짝 떠라.

별 헤는 밤

계절이 지나가는 하늘에는
가을로 가득 차 있습니다.

나는 아무 걱정도 없이
가을 속의 별들을 다 헤일 듯합니다.

가슴속에 하나 둘 새겨지는 별을
이제 다 못 헤는 것은
쉬이 아침이 오는 까닭이요,
내일 밤이 남은 까닭이요,
아직 나의 청춘이 다하지 않은 까닭입니다.

별 하나에 추억과
별 하나에 사랑과
별 하나에 쓸쓸함과
별 하나에 동경과
별 하나에 시와
별 하나에 어머니, 어머니,

어머님, 나는 별 하나에 아름다운 말 한마디씩 불러 봅니다.
소학교 때 책상을 같이했던 아이들의 이름과, 패, 경, 옥 이
런 이국(異國) 소녀들의 이름과, 벌써 애기 어머니 된 계집애
들의 이름과, 가난한 이웃 사람들의 이름과 비둘기, 강아지,
토끼, 노새, 노루, 프랑시스 잠, 라이너 마리아 릴케 이런 시
인의 이름을 불러 봅니다.

이네들은 너무나 멀리 있습니다.
별이 아슬히 멀듯이,

어머님,
그리고 당신은 멀리 북간도(北間島)에 계십니다.

나는 무엇인지 그리워
이 많은 별빛이 내린 언덕 위에
내 이름자를 써 보고,
흙으로 덮어 버리었습니다.

딴은 밤을 새워 우는 벌레는
부끄러운 이름을 슬퍼하는 까닭입니다.

그러나 겨울이 지나고 나의 별에도 봄이 오면
무덤 위에 파란 잔디가 피어나듯이
내 이름자 묻힌 언덕 위에도
자랑처럼 풀이 무성할 게외다.

황혼

햇살은 미닫이 틈으로
길쭉한 일자(一字)를 쓰고……지우고……

까마귀 떼 지붕 위로
둘, 둘, 셋, 넷, 자꾸 날아 지난다.
쑥쑥, 꿈틀꿈틀 북쪽 하늘로,

내사……
북쪽 하늘에 나래를 펴고 싶다.

가슴 1

소리 없는 북
답답하면 주먹으로
두드려 보오.

그래 봐도
후 ——
가아는 한숨보다 못하오.

가슴 2

늦은 가을 쓰르라미
숲에 싸여 공포에 떨고,

웃음 웃는 흰 달 생각이
도망가오.

가슴 3

불 꺼진 화(火)독을
안고 도는 겨울밤은 깊었다.

재만 남은 가슴이
문풍지 소리에 떤다.

산상 山上

거리가 바둑판처럼 보이고,
강물이 배암의 새끼처럼 기는
산 위에까지 왔다.
아직쯤은 사람들이
바둑돌처럼 버려 있으리라.

한나절의 태양이
함석지붕에만 비치고,
굼벵이 걸음을 하던 기차가
정거장에 섰다가 검은 내를 토하고
또 걸음발을 탄다.

텐트 같은 하늘이 무너져
이 거리를 덮을까 궁금하면서
좀 더 높은 데로 올라가고 싶다.

양지陽地 쪽

저쪽으로 황토 실은 이 땅 봄바람이
호인(胡人)의 물레바퀴처럼 돌아 지나고
아롱진 사월 태양의 손길이
벽을 등진 설운 가슴마다 올올이 만진다.

지도째기 놀음에 뉘 땅인 줄 모르는 애 둘이
한 뼘 손가락이 짧음을 한(恨)함이여.
아서라! 가뜩이나 엷은 평화가
깨어질까 근심스럽다.

산림 山林

시계가 자근자근 가슴을 때려
불안한 마음을 산림이 부른다.

천 년 오랜 연륜에 짜들은 유암(幽暗)한 산림이,
고달픈 한 몸을 포옹할 인연을 가졌나 보다.

산림의 검은 파동 우으로부터
어둠은 어린 가슴을 짓밟고

이파리를 흔드는 저녁 바람이
쏴 —— 공포에 떨게 한다.

멀리 첫여름의 개구리 재질댐에
흘러간 마을의 과거는 아질타.

나무 틈으로 반짝이는 별만이
새날의 희망으로 나를 이끈다.

남쪽 하늘

제비는 두 나래를 가지었다.
스산한 가을날 ——

어머니의 젖가슴이 그리운
서리 내리는 저녁 ——
어린 영(靈)은 쪽나래의 향수를 타고
남쪽 하늘에 떠돌 뿐 ——

빨래

빨랫줄에 두 다리를 드리우고
흰 빨래들이 귓속 이야기하는 오후,

쨍쨍한 칠월 햇발은 고요히도
아담한 빨래에만 달린다.

닭

한 간(間) 계사(鷄舍) 그 너머 창공이 깃들어
자유의 향토를 잊은 닭들이
시들은 생활을 주잘대고
생산의 고로(苦勞)를 부르짖었다.

음산한 계사에서 쏠려 나온
외래종 레그혼,
학원에서 새 무리가 밀려 나오는
삼월의 맑은 오후도 있다.

닭들은 녹아드는 두엄을 파기에
아담한 두 다리가 분주하고
굶주렸던 주둥이가 바지런하다.
두 눈은 여물도록 ——

가을밤

궂은비 내리는 가을밤
벌거숭이 그대로
잠자리에서 뛰쳐나와
마루에 쭈그리고 서서
아인 양하고
솨 —— 오줌을 쏘오.

곡간 谷間

산들이 두 줄로 줄달음질치고
여울이 소리쳐 목이 잦았다.
한여름의 해님이 구름을 타고
이 골짜기를 빠르게도 건너려 한다.

산등허리에 송아지 뿔처럼
울뚝불뚝히 어린 바위가 솟고
얼룩소의 보드라운 털이
산등성이에 퍼 —— 렇게 자랐다.

삼 년 만에 고향 찾아드는
산골 나그네의 발걸음이
타박타박 땅을 고눈다.
벌거숭이 두루미 다리같이……

헌신짝이 지팡이 끝에
모가지를 매달아 늘어지고,
까치가 새끼의 날발을 태우며 날 뿐,
골짝은 나그네의 마음처럼 고요하다.

겨울

처마 밑에
시래기 다래미
바삭바삭
추워요.

길바닥에
말똥 동그래미
달랑달랑
얼어요.

황혼이 바다가 되어

하루도 검푸른 물결에
흐느적 잠기고…… 잠기고……

저 —— 웬 검은 고기 떼가
물든 바다를 날아 횡단할꼬.

낙엽이 된 해초
해초마다 슬프기도 하오.

서창에 걸린 해말간 풍경화
옷고름 너어는 고아의 설움.

이제 첫 항해하는 마음을 먹고
방바닥에 나뒹구오…… 뒹구오……

황혼이 바다가 되어
오늘도 수많은 배가
나와 함께 이 물결에 사라졌을 게오.

밤

외양간 당나귀
아 —— ㅇ 앙 외마디 울음 울고,

당나귀 소리에
으 —— 아 아 애기 소스라쳐 깨고,

등잔에 불을 다오.

아버지는 당나귀에게
짚을 한 키 담아 주고,

어머니는 애기에게
젖을 한 모금 먹이고,

밤은 다시 고요히 잠드오.

할아버지

왜떡이 씁은데도
자꾸 달다고 하오

장

이른 아침 아낙네들은 시들은 생활을
바구니 하나 가득 담아 이고……
업고 지고…… 안고 들고……
모여드오 자꾸 장에 모여드오.

가난한 생활을 골골이 벌여 놓고
밀려가고…… 밀려오고……
저마다 생활을 외치고…… 싸우오.

왼 하루 올망졸망한 생활을
되질하고 저울질하고 자질하다가
날이 저물어 아낙네들이
쓴 생활과 바꾸어 또 이고 돌아가오.

풍경

봄바람을 등진 초록빛 바다
쏟아질 듯 쏟아질 듯 위태롭다.

잔주름 치마폭의 두둥실거리는 물결은
오스라질 듯 한껏 경쾌롭다.

마스트 끝에 붉은 깃발이
여인의 머리칼처럼 나부낀다.

이 생생한 풍경을 앞세우며 뒤세우며
외 ──── ㄴ 하루 거닐고 싶다.

──── 우중충한 오월 하늘 아래로,
──── 바닷빛 포기포기에 수놓은 언덕으로.

달밤

흐르는 달의 흰 물결을 밀쳐
여윈 나무 그림자를 밟으며,
북망산(北邙山)을 향한 발걸음은 무거웁고
고독을 반려(伴侶)한 마음은 슬프기도 하다.

누가 있어야만 싶은 묘지엔 아무도 없고,
정적만이 군데군데 흰 물결에 폭 젖었다.

울적 鬱寂

처음 피워 본 담배 맛은
아침까지 목 안에서 간질간질타.

어젯밤에 하도 울적하기에
가만히 한 대 피워 보았더니.

아롱아롱 조개껍데기

울 언니 바닷가에서
주워온 조개껍데기

여기 여기 북쪽 나라요
조개는 귀여운 선물
장난감 조개껍데기

데굴데굴 굴리며 놀다
짝 잃은 조개껍데기
한 짝을 그리워하네

– 『조개껍질』 중에서 –

서시 & 별 헤는 밤 & 자화상

2

한난계 寒暖計

싸늘한 대리석 기둥에 모가지를 비틀어 맨 한난계,
문득 들여다볼 수 있는 운명(運命)한 오 척 육 촌의 가는
수은주,
마음은 유리관보다 맑소이다.

혈관이 단조로워 신경질인 여론동물(輿論動物)
가끔 분수 같은 냉(冷)침을 억지로 삼키기에
정력을 낭비합니다.

영하로 손가락질할 수돌네 방처럼 추운 겨울보다
해바라기가 만발할 팔월 교정이 이상(理想) 곺소이다
피 끓을 그날이 ──

어제는 막 소낙비가 퍼붓더니 오늘은 좋은 날씨올시다.
동저고리 바람에 언덕으로, 숲으로 하시구려 ——
이렇게 가만가만 혼자서 귓속 이야기를 하였습니다.
나는 또 내가 모르는 사이에 ——

나는 아마도 진실한 세기(世紀)의 계절을 따라
하늘만 보이는 울타리 안을 뛰쳐
역사 같은 포지션을 지켜야 봅니다.

그 여자

함께 핀 꽃에 처음 익은 능금은
먼저 떨어졌습니다.

오늘도 가을바람은 그냥 붑니다.

길가에 떨어진 붉은 능금은
지나는 손님이 집어갔습니다.

야행 夜行

정각! 마음이 아픈 데 있어 고약을 붙이고
시들은 다리를 끄을고 떠나는 행장(行裝)
── 기적이 들리잖게 운다.
사랑스런 여인이 타박타박 땅을 굴러 쫓기에
하도 무서워 상가교(上架橋)를 기어 넘다.
── 이제부터 등산 철도
이윽고 사색의 포플러 터널로 들어간다.
시(詩)라는 것을 반추(反芻)하다. 마땅히 반추하여야 한다.
── 저녁 연기가 놀로 된 이후
휘파람 부는 햇귀뚜라미의
노래는 마디마디 끊어져
그믐달처럼 호젓하게 슬프다.
니는 노래 배울 어머니도 아버지도 없나 보다.
── 니는 다리 가는 쬐그만 보헤미안.
내사 보리밭 동리에 어머니도 누나도 있다.
그네는 노래 부를 줄 몰라
오늘 밤도 그윽한 한숨으로 보내리니 ──

빗 뒤

"어 —— 얼마나 반가운 비냐"
할아버지의 즐거움.

가물 들었던 곡식 자라는 소리
할아버지 담배 빠는 소리와 같다.

비 뒤의 햇살은
풀잎에 아름답기도 하다.

비애

호젓한 세기(世紀)의 달을 따라
알듯 모를 듯한 데로 거닐고저!

아닌 밤중에 튀기듯이
잠자리를 뛰쳐
끝없는 광야를 홀로 거니는
사람의 심사(心思)는 외로우려니

아 —— 이 젊은이는
피라미드처럼 슬프구나.

명상

가칠가칠한 머리칼은 오막살이 처마 끝,
휘파람에 콧마루가 서운한 양 간질키오.

들창 같은 눈은 가볍게 닫혀
이 밤에 연정은 어둠처럼 골골이 스며드오.

창 窓

쉬는 시간마다
나는 창 녘으로 갑니다.

── 창은 산 가르침.

이글이글 불을 피워 주소,
이 방에 찬 것이 서립니다.

단풍잎 하나
맴도나 보니
아마도 사그마한 선풍(仙風)이 인 게외다.

그래도 싸늘한 유리창에
햇살이 쨍쨍한 무렵,
상학종(上學鐘)이 울어만 싶습니다.

바다

실어다 뿌리는
바람조차 시원타.

소나무 가지마다 새침히
고개를 돌리어 뻐드러지고,

밀치고
밀치운다.

이랑을 넘는 물결은
폭포처럼 피어오른다.

해변에 아이들이 모인다
찰찰 손을 씻고 구보로.

바다는 자꾸 섧어진다.
갈매기의 노래에……

돌아다보고 돌아다보고
돌아가는 오늘의 바다여!

유언

후어 ―― ㄴ한 방에
유언은 소리 없는 입놀림.

―― 바다에 진주 캐러 갔다는 아들
　　해녀와 사랑을 속삭인다는 맏아들
　　이 밤에사 돌아오나 내다봐라 ――

평생 외롭던 아버지의 운명(殞命),
감기우는 눈에 슬픔이 어린다.

외딴집에 개가 짖고,
휘황찬 달이 문살에 흐르는 밤.

산협山峽의 오후

내 노래는 오히려
설운 산울림.

골짜기 길에
떨어진 그림자는
너무나 슬프구나.

오후의 명상은
아 —— 졸려.

어머니

어머니!
젖을 빨려 이 마음을 달래어 주시오.
이 밤이 자꾸 설워지나이다.

이 아이는 턱에 수염자리 잡히도록
무엇을 먹고 자랐나이까?
오늘도 흰 주먹이
입에 그대로 물려 있나이다.

어머니
부서진 납 인형도 싫어진 지
벌써 오랩니다.

철비가 후줄근히 내리는 이 밤을
주먹이나 빨면서 새우리까?
어머니! 그 어진 손으로
이 울음을 달래어 주시오.

소낙비

번개, 뇌성, 왁자지근 두드려
머언 도회지에 낙뢰(落雷)가 있어만 싶다.

벼룻장 엎어 놓은 하늘로
살 같은 비가 살처럼 쏟아진다.

손바닥만 한 나의 정원이
마음같이 흐린 호수 되기 일쑤다.

바람이 팽이처럼 돈다.
나무가 머리를 이루 잡지 못한다.

내 경건한 마음을 모셔 드려
노아 때 하늘을 한 모금 마시다.

아침

획, 획, 획,
소 꼬리가 부드러운 채찍질로
어둠을 쫓아
캄, 캄, 어둠이 깊다깊다 밝으오.

이제 이 동리(洞里)의 아침이
풀살 오른 소 엉덩이처럼 푸드오
이 동리 콩죽 먹은 사람들이
땀물을 뿌려 이 여름을 길렀소.

잎, 잎, 풀잎마다 땀방울이 맺혔소.

구김살 없는 이 아침을
심호흡하오, 또 하오.

가로수

가로수, 단출한 그늘 밑에
구두솔 같은 혓바닥으로
무심히 구두솔을 핥는 시름.

때는 오정. 사이렌,
어디로 갈 것이냐?

ㅁ시 그늘은 맴돌고.
따라 사나이도 맴돌고.

비 오는 밤

솨 —— 철석! 파도소리 문살에 부서져
잠 살포시 꿈이 흩어진다.

잠은 한낱 검은 고래 떼처럼 살래어
달랠 아무런 재주도 없다.

불을 밝혀 잠옷을 정성스레 여미는
삼경(三更).
염원.

동경(憧憬)의 땅 강남에 또 홍수 질 것만 싶어
바다의 향수보다 더 호젓해진다.

사랑의 전당

순아, 너는 내 전(殿)에 언제 들어왔던 것이냐?
내사 언제 네 전에 들어갔던 것이냐?

우리들의 전당은
고풍(古風)한 풍습이 어린 사랑의 전당

순아, 암사슴처럼 수정 눈을 내려 감아라.
난 사자처럼 엉클린 머리를 고루련다.

우리들의 사랑은 한낱 벙어리였다.

성스런 촛대에 열(熱)한 불이 꺼지기 전
순아, 너는 앞문으로 내달려라.

어둠과 바람이 우리 창에 부닥치기 전
나는 영원한 사랑을 안은 채
뒷문으로 멀리 사라지련다.

이제 네게는 삼림(森林) 속의 아늑한 호수가 있고
내게는 험준한 산맥이 있다.

이적 異蹟

밭에 터분한 것을 다 빼어 버리고
황혼이 호수 위로 걸어오듯이
나도 사뿐사뿐 걸어 보리이까?

내사 이 호숫가로
부르는 이 없이
불리어 온 것은
참말 이적이외다.

오늘따라
연정(戀情), 자홀(自惚), 시기(猜忌), 이것들이
자꾸 금메달처럼 만져지는구려

하나, 내 모든 것을 여념 없이
물결에 씻어 보내려니
당신은 호면(湖面)으로 나를 불러내소서.

아우의 인상화

붉은 이마에 싸늘한 달이 서리어
아우의 얼굴은 슬픈 그림이다.

발걸음을 멈추어
살그머니 앳된 손을 잡으며
"늬는 자라 무엇이 되려니."
"사람이 되지."
아우의 설운 진정코 설운 대답이다.

슬며시 잡았던 손을 놓고
아우의 얼굴을 다시 들여다본다.

싸늘한 달이 붉은 이마에 젖어
아우의 얼굴은 슬픈 그림이다.

코스모스

청초한 코스모스는
오직 하나인 나의 아가씨,

달빛이 싸늘히 추운 밤이면
옛 소녀가 못 견디게 그리워
코스모스 핀 정원으로 찾아간다.

코스모스는
귀또리 울음에도 수줍어지고,

코스모스 앞에 선 나는
어렸을 적처럼 부끄러워지나니,

내 마음은 코스모스의 마음이요
코스모스의 마음은 내 마음이다.

햇빛 · 바람

손가락에 침 발라
쏘옥, 쏙, 쏙,
장에 가는 엄마 내다보려
문풍지를
쏘옥, 쏙, 쏙,

아침에 햇빛이 반짝,

손가락에 침 발라
쏘옥, 쏙, 쏙,
장에 가신 엄마 돌아오나
문풍지를
쏘옥, 쏙, 쏙,

저녁에 바람이 솔솔.

비로봉 毘盧峯

만상(萬象)을
굽어보기란 ——

무릎이
오들오들 떨린다.

백화(白樺)
어려서 늙었다.

새가
나비가 된다.

정말 구름이
비가 된다.

옷자락이
춥다.

고추밭

시들은 잎새 속에서
고 빠알간 살을 드러내 놓고
고추는 방년(芳年) 된 아가씬 양
뙤약볕에 자꾸 익어 간다.

할머니는 바구니를 들고
밭머리에서 어정거리고
손가락 너어는 아이는
할머니 뒤만 따른다.

해바라기 얼굴

누나의 얼굴은
　해바라기 얼굴
해가 금방 뜨자
　일터에 간다.

해바라기 얼굴은
　누나의 얼굴
얼굴이 숙어 들어
　집으로 온다.

애기의 새벽

우리 집에는
닭도 없단다.
다만
애기가 젖 달라 울어서
새벽이 된다.

우리 집에는
시계도 없단다.
다만
애기가 젖 달라 보채어
새벽이 된다.

귀뚜라미와 나와

귀뚜라미와 나와
잔디밭에서 이야기했다.

귀뚤귀뚤
귀뚤귀뚤

아무에게도 가르쳐 주지 말고
우리 둘만 알자고 약속했다.

귀뚤귀뚤
귀뚤귀뚤

귀뚜라미와 나와
달 밝은 밤에 이야기했다.

산울림

까치가 울어서
산울림,
아무도 못 들은
산울림.

까치가 들었다
산울림,
저 혼자 들었다
산울림.

달같이

연륜이 자라듯이
달이 자라는 고요한 밤에
달같이 외로운 사랑이
가슴 하나 뻐근히
연륜처럼 피어 나간다.

장미 병들어

장미 병들어
옮겨 놓을 이웃이 없도다.

달랑달랑 외로이
황마차(幌馬車) 태워 산에 보낼거나

뚜 —— 구슬피
화륜선(火輪船) 태워 대양에 보낼거나

프로펠러 소리 요란히
비행기 태워 성층권(成層圈)에 보낼거나

이것저것
다 그만두고

자라 가는 아들이 꿈을 깨기 전
이내 가슴에 묻어다오.

산골 물

괴로운 사람아 괴로운 사람아
옷자락 물결 속에서도
가슴속 깊이 돌돌 샘물이 흘러
이 밤을 더불어 말할 이 없도다.
거리의 소음과 노래 부를 수 없도다.
그신 듯이 냇가에 앉았으니
사랑과 일을 거리에 맡기고
가만히 가만히
바다로 가자,
바다로 가자.

초 한 대

초 한 대 ——
내 방에 품긴 향내를 맡는다.

광명의 제단이 무너지기 전
나는 깨끗한 제물을 보았다.

염소의 갈비뼈 같은 그의 몸,
그의 생명인 심지(心志)까지
백옥 같은 눈물과 피를 흘려
불살라 버린다.

그리고도 책상머리에 아롱거리며
선녀처럼 촛불은 춤을 춘다.

매를 본 꿩이 도망하듯이
암흑이 창구멍으로 도망한
나의 방에 품긴
제물의 위대한 향내를 맛보노라.

투르게네프의 언덕

나는 고갯길을 넘고 있었다 …… 그때 세 소년 거지가 나를 지나쳤다.

첫째 아이는 잔등에 바구니를 둘러메고, 바구니 속에는 사이다 병, 간즈메 통, 쇳조각, 헌 양말짝 등 폐물이 가득하였다.

둘째 아이도 그러하였다.

셋째 아이도 그러하였다.

텁수룩한 머리털, 시커먼 얼굴에 눈물 고인 충혈된 눈, 색 잃어 푸르스름한 입술, 너덜너덜한 남루, 찢겨진 맨발,

아아, 얼마나 무서운 가난이 이 어린 소년들을 삼키었느냐!

나는 측은한 마음이 움직이었다.

나는 호주머니를 뒤지었다. 두툼한 지갑, 시계, 손수건……있을 건 죄다 있었다.

그러나 무턱대고 이것들을 내줄 용기는 없었다. 손으로 만지
작 만지작거릴 뿐이었다.

다정스레 이야기나 하리라 하고 "얘들아" 불러 보았다.

첫째 아이가 충혈된 눈으로 흘끔 돌아다볼 뿐이었다.

둘째 아이도 그러할 뿐이었다.

셋째 아이도 그러할 뿐이었다.

그러고는 너는 상관없다는 듯이 자기네끼리 소곤소곤 이야기
하면서 고개로 넘어갔다

언덕 위에는 아무도 없었다.

짙어 가는 황혼이 밀려들 뿐 ——

삶과 죽음

삶은 오늘도 죽음의 서곡을 노래하였다.
이 노래가 언제나 끝나랴.

세상 사람은 ——
뼈를 녹여내는 듯한 삶의 노래에
춤을 춘다.
사람들은 해가 넘어가기 전
이 노래 끝의 공포를
생각할 사이가 없었다.

하늘 복판에 아로새기듯이
이 노래를 부른 자가 누구뇨.

그리고 소낙비 그친 뒤같이도
이 노래를 그친 자가 누구뇨.

죽고 뼈만 남은
죽음의 승리자 위인(偉人)들!

내일은 없다

   – 어린 마음에 물은 –

내일 내일 하기에
물었더니
밤을 자고 동틀 때
내일이라고

새날을 찾던 나는
잠을 자고 돌보니
그때는 내일이 아니라
오늘이더라

무리여!
내일은 없나니
......

조개껍질

― 바닷물 소리 듣고 싶어 ―

아롱아롱 조개껍데기
울 언니 바닷가에서
주워 온 조개껍데기

여긴 여긴 북쪽 나라요
조개는 귀여운 선물
장난감 조개껍데기

데굴데굴 굴리며 놀다
짝 잃은 조개껍데기
한 짝을 그리워하네

아롱아롱 조개껍데기
나처럼 그리워하네
물소리 바닷물소리

고향집

– 만주에서 부른 –

헌 짚신짝 끄을고
나 여기 왜 왔노
두만강을 건너서
쓸쓸한 이 땅에

남쪽 하늘 저 밑에
따뜻한 내 고향
내 어머니 계신 곳
그리운 고향집

병아리

"뾰, 뾰, 뾰,
엄마 젖 좀 주"
병아리 소리.

"꺽, 꺽, 꺽,
오냐, 좀 기다려"
엄마 닭 소리.

좀 있다가
병아리들은
어미 품으로
다 들어갔지요.

오줌싸개 지도

빨랫줄에 걸어 논
요에다 그린 지도
지난밤에 내 동생
오줌 싸 그린 지도.

꿈에 가 본 어머님 계신
별나라 지돈가?
돈 벌러 간 아버지 계신
만주 땅 지돈가.

창구멍

바람 부는 새벽에 장터 가시는
우리 아빠 뒤자취 보고 싶어서
침을 발라 뚫어 논 작은 창구멍
아롱아롱 아침 해 빛이옵니다.

눈 내리는 저녁에 나무 팔러 간
우리 아빠 오시나 기다리다가
해 끝으로 뚫어 논 작은 창구멍
살랑살랑 찬바람 날아듭니다.

기왓장 내외

비 오는 날 저녁에 기왓장 내외
잃어버린 외아들 생각나선지
꼬부라진 잔등을 어루만지며
쭈룩쭈룩 구슬피 울음 웁니다.

대궐 지붕 위에서 기왓장 내외
아름답던 옛날이 그리워선지
주름 잡힌 얼굴을 어루만지며
물끄러미 하늘만 쳐다봅니다.

비둘기

안아 보고 싶게 귀여운
산비둘기 일곱 마리
하늘 끝까지 보일 듯이 맑은 주일날 아침에
벼를 거두어 빤빤한 논에서
앞을 다투어 모이를 주으며
어려운 이야기를 주고받으오.

날씬한 두 나래로 조용한 공기를 흔들어
두 마리가 나오
집에 새끼 생각이 나는 모양이오.

이별

눈이 오다 물이 되는 날
잿빛 하늘에 또 뿌연 내, 그리고
커다란 기관차는 빼 —— 액 —— 울며,
조그만 가슴은 울렁거린다.

이별이 너무 재빠르다, 안타깝게도,
사랑하는 사람을,
일터에서 만나자 하고 ——,
더운 손의 맛과 구슬 눈물이 마르기 전
기차는 꼬리를 산굽으로 돌렸다.

요오리조리 베면 저고리 되고,

이이렇게 베면 큰 총 되지.
누나하고 나하고
가위로 종이 쏠았더니
어머니가 빗자루 들고
누나 하나 나 하나
엉덩이를 때렸소
방바닥이 어지럽다고 ——

- 『빗자루』 중에서 -

서시 & 별 헤는 밤 & 자화상

3

식권

식권은 하루 세 끼를 준다.

식모는 젊은 아이들에게
한때 흰 그릇 셋을 준다.

대동강 물로 끓인 국,
평안도 쌀로 지은 밥,
조선의 매운 고추장,

식권은 우리 배를 부르게.

모란봉 牡丹峯에서

앙상한 소나무 가지에
훈훈한 바람의 날개가 스치고
얼음 섞인 대동강 물에
한나절 햇발이 미끄러지다.

허물어진 성터에서
철모르는 여아(女兒)들이
저도 모를 이국(異國) 말로
재질대며 뜀을 뛰고.

난데없는 자동차가 밉다.

종달새

종달새는 이른 봄날
질디진 거리의 뒷골목이
싫더라.
명랑한 봄 하늘,
가벼운 두 나래를 펴서
요염한 봄노래가
좋더라,
그러나,
오늘도 구멍 뚫린 구두를 끌고
훌렁훌렁 뒷거리 길로
고기 새끼 같은 나는 헤매나니,
나래와 노래가 없음인가
가슴이 답답하구나.

거리에서

달밤의 거리
광풍이 휘날리는
북국(北國)의 거리
도시의 진주
전등 밑을 헤엄치는
조그만 인어(人魚) 나,
달과 전등에 비쳐
한 몸에 둘셋의 그림자,
커졌다 작아졌다.

괴롬의 거리
회색빛 밤거리를
걷고 있는 이 마음
선풍(旋風)이 일고 있네
외로우면서도
한 갈피 두 갈피
피어나는 마음의 그림자,
푸른 공상(空想)이
높아졌다 낮아졌다.

공상 空想

공상 ——
내 마음의 탑
나는 말없이 이 탑을 쌓고 있다.
명예와 허영의 천공(天空)에다
무너질 줄도 모르고
한 층 두 층 높이 쌓는다.

무한한 나의 공상 ——
그것은 내 마음의 바다,
나는 두 팔을 펼쳐서
나의 바다에서
자유로이 헤엄친다.
황금 지욕(知欲)의 수평선을 향하여.

이런 날

사이좋은 정문의 두 돌기둥 끝에서
오색기와 태양기가 춤을 추는 날
금을 그은 지역의 아이들이 즐거워하다.

아이들에게 하루의 건조한 학과(學課)로
해말간 권태가 깃들고
'모순' 두 자를 이해치 못하도록
머리가 단순하였구나.

이런 날에는
잃어버린 완고하던 형을
부르고 싶다.

오후의 구장 球場

늦은 봄 기다리던 토요일 날
오후 세 시 반의 경성행 열차는
석탄 연기를 자욱이 풍기고 지나가고

한 몸을 끄을기에 강하던
공이 자력(磁力)을 잃고
한 모금의 물이
불붙는 목을 축이기에
넉넉하다.
젊은 가슴에 피 순환이 잦고,
두 철각(鐵脚)이 늘어진다.

검은 기차 연기와 함께
푸른 산이
아지랑이 저쪽으로
가라앉는다.

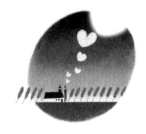

빗자루

요오리조리 베면 저고리 되고,
이이렇게 베면 큰 총 되지.
　　누나하고 나하고
　　가위로 종이 쏠았더니
　　어머니가 빗자루 들고
　　누나 하나 나 하나
　　엉덩이를 때렸소
　　방바닥이 어지럽다고 ——

　　아아니 아니
　　고놈의 빗자루가
　　방바닥 쓸기 싫으니
　　그랬지 그래서
괘씸하여 벽장 속에 감췄더니
이튿날 아침 빗자루가 없다고
어머니가 야단이지요.

꿈은 깨어지고

꿈은 눈을 떴다.
그윽한 유무(幽霧)에서.

노래하던 종다리
도망쳐 달아나고,

지난날 봄 타령하던
금잔디밭은 아니다.

탑은 무너졌다,
붉은 마음의 탑이 ──

손톱으로 새긴 대리석 탑이 ──
하루 저녁 폭풍에 여지없이도,

오오 황폐의 쑥밭,
눈물과 목메임이여!

꿈은 깨어졌다.
탑은 무너졌다.

창공 蒼空

그 여름날,
열정의 포플러는
오려는 창공의 푸른 젖가슴을
어루만지려
팔을 펼쳐 흔들거렸다.
끓는 태양 그늘 좁다란 지점에서.

천막 같은 하늘 밑에서
떠들던 소나기
그리고 번개를,
춤추던 구름은 이끌고
남방(南方)으로 도망하고,
높다랗게 창공은 한 폭으로
가지 위에 퍼지고
둥근 달과 기러기를 불러왔다.

푸드른 어린 마음이 이상(理想)에 타고,
그의 동경(憧憬)의 날 가을에
조락(凋落)의 눈물을 비웃다.

비행기

머리에 프로펠러가
연잣간 풍채보다
더 ── 빨리 돈다.

땅에서 오를 때보다
하늘에서 높이 떠서는
빠르지 못하다
숨결이 찬 모양이야.

비행기는 ──
새처럼 나래를
펄럭거리지 못한다
그리고 늘 ──
소리를 지른다.
숨이 찬가 봐.

햇비

아씨처럼 내린다
보슬보슬 햇비
맞아 주자 다 같이
　옥수숫대처럼 크게
　닷자 엿자 자라게
　해님이 웃는다
　나 보고 웃는다.

하늘 다리 놓였다
알롱알롱 무지개
노래하자 즐겁게
　동무들아 이리 오라
　다 같이 춤을 추자
　해님이 웃는다
　즐거워 웃는다.

굴뚝

산골짜기 오막살이 낮은 굴뚝엔
몽기몽기 웬 연기 대낮에 솟나.

감자를 굽는 게지. 총각 애들이
깜박깜박 검은 눈이 모여 앉아서
입술에 꺼멓게 숯을 바르고
옛이야기 한 커리에 감자 하나씩

산골짜기 오막살이 낮은 굴뚝엔
살랑살랑 솟아나네 감자 굽는 내.

무얼 먹고 사나

바닷가 사람
물고기 잡아먹고 살고
산골엣 사람
감자 구워 먹고 살고
별나라 사람
무얼 먹고 사나.

봄

우리 애기는
아래 발치에서 코올코올,

고양이는
부뚜막에서 가릉가릉,

애기 바람이
나뭇가지에 소올소올,

아저씨 해님이
하늘 한가운데서 째앵째앵.

참새

가을 지난 마당은 하이얀 종이
참새들이 글씨를 공부하지요.

째액째액 입으론 부르면서
두 발로는 글씨를 공부하지요.

하루 종일 글씨를 공부하여도
짹 자 한 자밖에 더 못 쓰는걸.

개

눈 위에서
개가
꽃을 그리며
뛰오.

편지

누나!
이 겨울에도
눈이 가득히 왔습니다.

흰 봉투에
눈을 한 줌 넣고
글씨도 쓰지 말고
우표도 붙이지 말고
말쑥하게 그대로
편지를 부칠까요.

누나 가신 나라엔
눈이 아니 온다기에.

버선본

어머니!
누나 쓰다 버린 습자지는
두었다가 뭣에 쓰나요?

그런 줄 몰랐더니
습자지에다 내 버선 놓고
가위로 오려
버선본 만드는걸.

어머니!
내가 쓰다 버린 몽당연필은
두었다가 뭣에 쓰나요?

그런 줄 몰랐더니
천 위에다 버선본 놓고
침 발라 점을 찍곤
내 버선 만드는걸.

눈

지난밤에
눈이 소오복이 왔네

지붕이랑
길이랑 밭이랑
추워한다고
덮어 주는 이불인가 봐

그러기에
추운 겨울에만 내리지

사과

붉은 사과 한 개를
아버지, 어머니,
누나, 나, 넷이서
껍질째로 송치까지
다아 나눠 먹었소.

눈

눈이
새하얗게 와서
눈이
새물새물하오.

닭

―― 닭은 나래가 커도
　　왜 날잖나요.
―― 아마 두엄 파기에
　　홀, 잊어나 봐.

호주머니

넣을 것 없어
걱정이던
호주머니는,

겨울만 되면
주먹 두 개 갑북갑북.

거짓부리

똑, 똑, 똑,
문 좀 열어 주세요.
하룻밤 자고 갑시다.
　밤은 깊고 날은 추운데
　거 누굴까?
문을 열어 주고 보니
검둥이의 꼬리가
거짓부리한걸.

꼬기요, 꼬기요,
달걀 낳았다.
간난아! 어서 집어 가거라.
　간난이 뛰어가 보니
　닭알은 무슨 닭알
고놈의 암탉이
대낮에 새빨간
거짓부리한걸.

둘 다

바다도 푸르고
하늘도 푸르고

바다도 끝없고
하늘도 끝없고

바다에 돌 던지고
하늘에 침 뱉고

바다는 벙글
하늘은 잠잠.

반딧불

가자 가자 가자
숲으로 가자
달 조각을 주우러
숲으로 가자.

그믐밤 반딧불은
부서진 달 조각,

가자 가자 가자
숲으로 가자
달 조각을 주우러
숲으로 가자.

개

'이 개 더럽잖니'
아 —— 니 이웃집 덜렁 수캐가
오늘 어슬렁어슬렁 우리 집으로 오더니
우리 집 바둑이 밑구멍에다 코를 대고
씩씩 내를 맡겠지 더러운 줄도 모르고,
보기 흉해서 막 차며 욕해 쫓았더니
꼬리를 휘휘 저으며
너희들보다 어떻겠냐 하는 상으로
뛰어가겠지요 나 —— 참.

만돌이

만돌이가 학교에서 돌아오다가
전봇대 있는 데서
돌짜기 다섯 개를 주웠습니다.

전봇대를 겨누고
돌 첫 개를 뿌렸습니다.
―― 딱 ――
두 개째 뿌렸습니다.
―― 아뿔싸 ――
세 개째 뿌렸습니다.
―― 딱 ――
네 개째 뿌렸습니다.
―― 아뿔싸 ――
다섯 개째 뿌렸습니다.
―― 딱 ――

다섯 개에 세 개……
그만하면 되었다.

내일 시험
다섯 문제에 세 문제만 하면 ——
손꼽아 구구를 하여 봐도
허양 육십 점이다.
볼 거 있나 공 차러 가자.

그 이튿날 만돌이는
꼼짝 못하고 선생님한테
흰 종이를 바쳤을까요
그렇잖으면 정말
육십 점을 맞았을까요.

나무

나무가 춤을 추면
바람이 불고,
나무가 잠잠하면
바람도 자오.

위로

거미란 놈이 흉한 심보로 병원 뒤뜰 난간과 꽃밭 사이 사람 발이 잘 닿지 않는 곳에 그물을 쳐 놓았다. 옥외 요양을 받는 젊은 사나이가 누워서 치어다보기 바르게 ——

나비가 한 마리 꽃밭에 날아들다 그물에 걸리었다. 노오란 날 개를 파득거려도 파득거려도 나비는 자꾸 감기우기만 한다. 거미는 쏜살같이 가더니 끝없는 끝없는 실을 뽑아 나비의 온 몸을 감아 버린다. 사나이는 긴 한숨을 쉬었다.

나이보담 무수한 고생 끝에 때를 잃고 병을 얻은 이 사나이를 위로할 말이 —— 거미줄을 헝클어 버리는 것밖에 위로의 말 이 없었다.

팔복 八福

- 마태복음 5장 3~12 -

슬퍼하는 자는 복이 있나니
슬퍼하는 자는 복이 있나니
슬퍼하는 자는 복이 있나니
슬퍼하는 자는 복이 있나니
슬퍼하는 자는 복이 있나니
슬퍼하는 자는 복이 있나니
슬퍼하는 자는 복이 있나니
슬퍼하는 자는 복이 있나니

저희가 영원히 슬플 것이오.

못 자는 밤

하나, 둘, 셋, 넷
……
밤은
많기도 하다.

흰 그림자

황혼이 짙어지는 길모금에서
하루 종일 시들은 귀를 가만히 기울이면
땅거미 옮겨지는 발자취 소리,

발자취 소리를 들을 수 있도록
나는 총명했던가요.

이제 어리석게도 모든 것을 깨달은 다음
오래 마음 깊은 속에
괴로워하던 수많은 나를
하나, 둘 제 고장으로 돌려보내면
거리 모퉁이 어둠 속으로
소리 없이 사라지는 흰 그림자,

흰 그림자들
연연히 사랑하던 흰 그림자들,

내 모든 것을 돌려보낸 뒤
허전히 뒷골목을 돌아
황혼처럼 물드는 내 방으로 돌아오면

신념이 깊은 의젓한 양처럼
하루 종일 시름없이 풀포기나 뜯자.

간 肝

바닷가 햇빛 바른 바위 위에
습한 간을 펴서 말리자,

코카서스 산중에서 도망해 온 토끼처럼
둘러리를 빙빙 돌며 간을 지키자.

내가 오래 기르던 여윈 독수리야!
와서 뜯어먹어라, 시름없이

너는 살찌고
나는 여위어야지, 그러나,

거북이야!
다시는 용궁의 유혹에 안 떨어진다.

프로메테우스 불쌍한 프로메테우스
불 도적한 죄로 목에 맷돌을 달고
끝없이 침전하는 프로메테우스.

사랑스런 추억

봄이 오던 아침, 서울 어느 조그만 정거장에서 희망과 사랑
처럼 기차를 기다려,

나는 플랫폼에 간신한 그림자를 떨어뜨리고, 담배를 피웠다.

내 그림자는 담배 연기 그림자를 날리고
비둘기 한 떼가 부끄러울 것도 없이
나래 속, 속, 햇빛에 비춰, 날았다.

기차는 아무 새로운 소식도 없이
나를 멀리 실어다 주어,

봄은 다 가고 —— 동경 교외(東京 郊外) 어느 조용한 하숙방
에서, 옛 거리에 남은 나를 희망과 사랑처럼 그리워한다.

오늘도 기차는 몇 번이나 무의미하게 지나가고,

오늘도 나는 누구를 기다려 정거장 가차운 언덕에서 서성거
릴 게다.
—— 아아 젊음은 오래 거기 남아 있거라.

참회록 懺悔錄

파란 녹이 낀 구리거울 속에
내 얼굴이 남아 있는 것은
어느 왕조의 유물이기에
이다지도 욕될까.

나는 나의 참회의 글을 한 줄에 줄이자.
── 만 이십사 년 일 개월을
　　무슨 기쁨을 바라 살아왔던가.

내일이나 모레나 그 어느 즐거운 날에
나는 또 한 줄의 참회록을 써야 한다.
── 그때 그 젊은 나이에
　　왜 그런 부끄러운 고백을 했던가.

밤이면 밤마다 나의 거울을
손바닥으로 발바닥으로 닦아 보자.

그러면 어느 운석 밑으로 홀로 걸어가는
슬픈 사람의 뒷모양이
거울 속에 나타나 온다.

흐르는 거리

으스름히 안개가 흐른다. 거리가 흘러간다. 저 전차, 자동차, 모든 바퀴가 어디로 흘리어 가는 것일까? 정박할 아무 항구도 없이, 가련한 많은 사람들을 싣고서, 안개 속에 잠긴 거리는,

거리 모퉁이 붉은 포스트 상자를 붙잡고 서 있으려면 모든 것이 흐르는 속에 어렴풋이 빛나는 가로등, 꺼지지 않는 것은 무슨 상징일까? 사랑하는 동무 박(朴)이여! 그리고 김(金)이여! 자네들은 지금 어디 있는가? 끝없이 안개가 흐르는데,

'새로운 날 아침 우리 다시 정답게 손목을 잡아 보세.' 몇 자 적어 포스트 속에 떨어뜨리고, 밤을 새워 기다리면 금휘장(金徽章)에 금단추를 삐었고 거인처럼 찬란히 나타나는 배달부, 아침과 함께 즐거운 내림(來臨).

이 밤을 하염없이 안개가 흐른다.

봄

봄이 혈관 속에 시내처럼 흘러
돌, 돌, 시내 가차운 언덕에
개나리, 진달래, 노오란 배추꽃.

삼동(三冬)을 참아 온 나는
풀포기처럼 피어난다.

즐거운 종달새야
어느 이랑에서 즐거웁게 솟쳐라.

푸르른 하늘은
아른아른 높기도 한데……

쉽게 씌어진 시 詩

창밖에 밤비가 속살거려
육첩방(六疊房)은 남의 나라,

시인이란 슬픈 천명(天命)인 줄 알면서도
한 줄 시를 적어 볼까.

땀내와 사랑내 포근히 품긴
보내 주신 학비 봉투를 받아

대학 노트를 끼고
늙은 교수의 강의 들으러 간다.

생각해 보면 어린 때 동무를
하나, 둘, 죄다 잃어버리고

나는 무얼 바라
나는 다만, 홀로 침전하는 것일까?

인생은 살기 어렵다는데
시가 이렇게 쉽게 씌어지는 것은
부끄러운 일이다.

육첩방(六疊房)은 남의 나라
창밖에 밤비가 속살거리는데,

등불을 밝혀 어둠을 조금 내몰고,
시대처럼 올 아침을 기다리는 최후의 나,

나는 나에게 작은 손을 내밀어
눈물과 위안으로 잡는 최초의 악수.

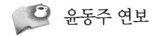 윤동주 연보

1917년 12월 30일

· 중국 길림성 화룡현 명동촌에서 명동학교 교원인 부친 윤영석(尹永錫)과 모친 김용(金龍) 사이의 맏아들로 태어남. 본관 파평. 아명은 해환(海煥).

1923년 7세

· 9월, 부친 윤영석은 관동 대지진 당시 동경에 유학.

1924년 8세

· 12월, 누이 혜원(惠媛) 출생.

1925년 9세

· 4월 명동소학교 입학.

1927년 11세

· 12월, 동생 일주(一柱) 출생.

1928년 12세

· 급우들과 〈새명동〉이라는 등사판 잡지를 만듦.

1929년 13세

· 명동소학교가 중국 당국에 의해 공립으로 수용됨.

1930년 14세

· 외삼촌 김약연 목사가 명동 교회 부임.

1931년 15세

· 3월 20일, 명동소학교 졸업. 명동 남쪽에 있는 대랍자(大拉子)의 중국인 소학교인 화룡 현립 제일소학교 고등과(高等科) 6학년 편입, 1년간 수학.

1932년 16세

· 4월, 용정 은진(恩眞)중학교에 입학.

1933년 17세

· 4월, 동생 광주(光柱) 출생.

1934년 18세

· 12월 24일 최초의 작품 〈초한대〉, 〈삶과 죽음〉, 〈내일은 없다〉 등 시 3편을 지음.

1935년 19세

· 은진중학교 4학년 1학기 마치고 평양 숭실중학교 3학년 전학. 시 〈거리에서〉, 〈南쪽 하늘〉, 동시 〈조개껍질〉 발표.

1936년 20세

· 3월 일제의 신사참배 강요로 자퇴 후 문익환과 용정 광명학원 중학부 4학년에 편입.

· 동시 〈고향집〉, 〈병아리〉, 〈오줌싸개지도〉, 〈기왓장내외〉, 〈빗자루〉, 〈햇비〉, 〈비행기〉, 〈굴뚝〉, 〈무얼 먹고 사나〉, 〈봄〉, 〈참새〉, 〈개〉, 〈편지〉, 〈버선본〉, 〈사과〉, 〈눈〉, 〈닭〉, 〈겨울〉, 〈호주머니〉와 시 〈비둘기〉, 〈離別〉, 〈食券〉, 〈牧丹峰에서〉, 〈黃昏〉, 〈가슴 1〉, 〈종달새〉, 〈山上〉, 〈午後의 球場〉, 〈이런 날〉, 〈양지쪽〉, 〈山林〉, 〈닭〉, 〈가슴 2〉, 〈꿈은 깨어지고〉, 〈谷間〉, 〈빨

래〉, 〈가을밤〉, 〈아침〉을 발표. ≪카톨릭 소년≫에 동시 〈병아리〉, 〈빗자루〉를 발표할 때 윤동주(尹童柱)란 필명 사용.

1937년 21세
· 광명학원 중학부 5학년에 진학. 백석 시집 〈사슴〉 필사본 만듦.
· 시 〈黃昏이 바다가 되어〉, 〈밤〉, 〈장〉, 〈달밤〉, 〈風景〉, 〈寒暖計〉, 〈그女子〉, 〈소낙비〉, 〈悲哀〉, 〈瞑想〉, 〈바다〉, 〈山峽의 午後〉, 〈毘盧峰〉, 〈窓〉, 〈遺言〉. 동시 〈거짓부리〉, 〈둘 다〉, 〈반딧불〉, 〈할아버지〉, 〈만돌이〉, 〈나무〉 발표.

1938년 22세
· 2월 광명중학교 졸업. 4월 서울 연희전문학교 문과 입학.
· 시 〈새로운 길〉, 〈비오는 밤〉, 〈사랑의 殿堂〉, 〈異蹟〉, 〈아우의 印象畵〉, 〈코스모스〉, 〈슬픈 族屬〉, 〈고추밭〉과 동시 〈햇빛 · 바람〉, 〈해바라기 얼굴〉, 〈애기의 새벽〉, 〈귀뚜라미와 나와〉, 〈산울림〉, 산문 〈달을 쏘다〉 발표.

1939년 23세
· 시인 정지용을 만남. 조선일보에 산문 〈달을 쏘다〉, 시 〈유언〉, 〈아우의 인상화〉를 윤동주(尹東柱), 윤주(尹柱)로 발표. 동시 〈산울림〉을 ≪少年≫에 윤동주(尹童柱)로 발표.
· 시 〈달같이〉, 〈薔薇 병들어〉, 〈투르게네프의 언덕〉, 〈산골물〉, 〈自畵象〉, 〈少年〉 발표.

1940년 24세
· 시 〈八福〉, 〈慰勞〉, 〈病院〉 발표.

1941년 25세

· 12월 연희전문학교 졸업.

· 시 〈무서운 時間〉, 〈눈오는 地圖〉, 〈太初의 아침〉, 〈또 太初의 아침〉, 〈새벽이 올 때까지〉, 〈十字架〉, 〈눈 감고 가다〉, 〈못 자는 잠〉, 〈돌아와 보는 밤〉, 〈看板 없는 거리〉, 〈바람이 불어〉, 〈또 다른 故鄕〉, 〈길〉, 〈별 헤는 밤〉, 〈序詩〉, 〈肝〉과 산문 〈終始〉 발표.

1942년 26세

· 일본 도쿄 릿쿄대학 문학부 영문과에 입학. 10월 교토 도지샤대학 영문학과에 전입학.

· 시 〈懺悔錄〉, 〈흰 그림자〉, 〈흐르는 거리〉, 〈사랑스런 追憶〉, 〈쉽게 씌어진 詩〉, 〈봄〉과 산문 〈별똥 떨어진 데〉, 〈花園에 꽃이 핀다〉 발표.

1943년 27세

· 7월 14일 하압경찰서 특수고등경찰에 독립운동 혐의로 검거.

1944년 28세

· 3월 31일 교토지방재판소에서 징역 2년 판결 확정 뒤 후쿠오카 형무소로 이송 복역.

1945 29세

· 2월 16일 새벽 3시 36분 후쿠오카 형무소에서 운명. 부친 윤영석과 당숙 윤영춘이 시신 수습, 북간도 용정 동산 중앙교회 묘지 안장.

계절이 지나가는 하늘에는
가을로 가득 차 있습니다.

나는 아무 걱정도 없이
가을 속의 별들을 다 헤일 듯합니다.

가슴 속에 하나 둘 새겨지는 별을
이제 다 못 헤는 것은
쉬이 아침이 오는 까닭이요,
내일 밤이 남은 까닭이요,
아직 나의 청춘이 다하지 않은 까닭입니다.

─『별 헤는 밤』 중에서 ─

국어과 선생님이 뽑은

한국 문학 읽기
한국 고전 읽기
세계 문학 읽기